기획의 말

그리운 마음일 때 'I Miss You'라고 하는 것은 '내게서 당신이 빠져 있기(miss) 때문에 나는 충분한 존재가 될 수 없다'는 뜻이라는 게 소설가 쓰시마 유코의 아름다운 해석이다. 현재의 세계에는 틀림없이 결여가 있어서 우리는 언제나 무언가를 그리워한다. 한때 우리를 벅차게 했으나 이제는 읽을 수 없게 된 옛날의 시집을 되살리는 작업 또한 그 그리움의 일이다. 어떤 시집이 빠져 있는 한, 우리의 시는 충분해질 수 없다.

더 나아가 옛 시집을 복간하는 일은 한국 시문학사의 역동성이 드러나는 장을 여는 일이 될 수도 있다. 하나의 새로운 예술작품이 창조될 때 일어나는 일은 과거에 있었던 모든 예술작품에도 동시에 일어난다는 것이 시인 엘리엇의 오래된 말이다. 과거가 이룩해놓은 질서는 현재의 성취에 영향받아 다시 배치된다는 것이다. 우리는 현재의 빛에 의지해 어떤 과거를 선택할 것인가. 그렇게 시사(詩史)는 되돌아보며 전진한다.

이 일들을 문학동네는 이미 한 적이 있다. 1996년 11월 황동규, 마종기, 강은교의 청년기 시집들을 복간하며 '포에지 2000' 시리즈가 시작됐다. "생이 덧없고 힘겨울 때 이따금 가슴으로 암송했던 시들, 이미 절판되어 오래된 명성으로만 만날 수 있었던 시들, 동시대를 대표하는 시인들의 젊은 날의 아름다운 연가(戀歌)가 여기 되살아납니다." 당시로서는 드물고 귀했던 그 일을 우리는 이제 다시 시작해보려 한다.

기획의 말

그리운 마음일 때 'I Miss You'라고 하는 것은 '내게서 당신이 빠져 있기(miss) 때문에 나는 충분한 존재가 될 수 없다'는 뜻이라는 게 소설가 쓰시마 유코의 아름다운 해석이다. 현재의 세계에는 틀림없이 결여가 있어서 우리는 언제나 무언가를 그리워한다. 한때 우리를 벅차게 했으나 이제는 읽을 수 없게 된 옛날의 시집을 되살리는 작업 또한 그 그리움의 일이다. 어떤 시집이 빠져 있는 한, 우리의 시는 충분해질 수 없다.

더 나아가 옛 시집을 복간하는 일은 한국 시문학사의 역동성이 드러나는 장을 여는 일이 될 수도 있다. 하나의 새로운 예술작품이 창조될 때 일어나는 일은 과거에 있었던 모든 예술작품에도 동시에 일어난다는 것이 시인 엘리엇의 오래된 말이다. 과거가 이룩해놓은 질서는 현재의 성취에 영향받아 다시 배치된다는 것이다. 우리는 현재의 빛에 의지해 어떤 과거를 선택할 것인가. 그렇게 시사(詩史)는 되돌아보며 전진한다.

이 일들을 문학동네는 이미 한 적이 있다. 1996년 11월 황동규, 마종기, 강은교의 청년기 시집들을 복간하며 '포에지 2000' 시리즈가 시작됐다. "생이 덧없고 힘겨울 때 이따금 가슴으로 암송했던 시들, 이미 절판되어 오래된 명성으로만 만날 수 있었던 시들, 동시대를 대표하는 시인들의 젊은 날의 아름다운 연가(戀歌)가 여기 되살아납니다." 당시로서는 드물고 귀했던 그 일을 우리는 이제 다시 시작해보려 한다.

단 한 사람

문학동네포에지 075

이진명 시집

단
한
사람

시인의 말

그러고 보니 내 사유는 어린 그때부터 별과 진흙 사이를 오르고 내렸던 것 같다. 오르고 내리며 언제나 그 사이에서 고달팠다. 항상 고달픔이 문제였으나, 오랜 시간이 쌓이고 쌓여 그 고달픔을 우리 삶의 구조, 내 존재 조건으로 당연히, 자연스레 수납하였던 것 같다. 이제금 그 문제는 아무 문제가 아니었음을 안다. 별은 뭐고 진흙은 뭐란 말인가. 하나의 낱말일 뿐이지 않은가.

나는 살고(그래왔던 것처럼), 살다 갈 것이고
나는 시를 쓰고(그래왔던 것처럼), 시집을 내다 갈 것이다.

2004년 1월 31일
이진명

개정판 시인의 말

간행 출판사 진작에 죽고, 이 시집도 따라 죽고, 시와 시집을 어쩌겠다는 스스로의 관심도 죽고, 이렇게 다 죽으니 그래, 옳구나, 다 잘 죽었다, 만고 땡, 편했는데……

절(絶)을 편애한다. 단절, 절단, 고절, 의절, 절멸, 멸절 등등. 오죽하면 절(絶)이란 제목의 시가 다 있을라. 그렇게 절을 통하면 들어서게 됐던 어떤 희미한 세계를 사랑한 것 같다. 그 세계 이름은 모른다……

20년의 정지, 끊어짐을 잇는 날이 생길 줄 몰랐다. 죽었기에 다시 살 줄 몰랐다. 죽어도 사는 일이 생겼다. 어색해 말자. 몸 둘 곳 몰라 말자. 죽었다 다시 사는 일을 창피하게 생각지 말자.

2023년 5월 17일
이진명

차례

1부 뱀이 흐르는 하늘

2부 명자나무

3부 희어서 좋은 외할머니

1부 뱀이 흐르는 하늘

풀은 별이에요

하늘에만 별이 있을까요
새파랗게 풀 돋아오릅니다
처음에 어린 풀
총총 검은 땅에 박힙니다
굳은 땅에 쏟아집니다
떨립니다 열립니다 일어섭니다
하늘에만 별이 흔들릴까요
새파랗게 풀 흔들립니다
큰 풀 작은 풀 물결칩니다
빛 부서집니다 흘러갑니다
하늘에만 별이 영원할까요
풀은 발아래 영원한 별
죽어도 다시 사는 초록의 별입니다
초록의 반지, 약속의 노래입니다
풀 하나 나 하나
풀 둘 나 둘

뱀이 흐르는 하늘

하늘에는
아무도 물지 않고
뱀이 흐릅니다
흐르기 좋아하는 뱀이
길게 흐릅니다
숫자는 많지 않습니다
셋이군요
움직임 미세합니다
저토록 흰색이다가
엷은 황색을 띠기도 합니다
비치는 색지처럼 미묘히 몸 뒤집으며
그러다가 몸 풀듯 일직선을 이룹니다
발딱 일어선 일직선 말고
수평의 부드러운 일직선 말입니다
어느 몸에도 독은 들어 있지 않습니다
그렇지만 그 몸들이 잠깐잠깐 번쩍이는 건
역시 찬피가 숨어 빛을 쏘기 때문일까요
보석들의 근본인 차가움에 대해 생각이 미칩니다
그림 같습니다
뱀이 산정에 걸리고 있습니다
내내 앞서 온 뱀입니다
제일 흰빛이 나는 뱀입니다
그보다 조금 황빛이 나는 뱀이
그 황빛이 나는 뱀보다 조금 더 황빛이 나는 뱀이

앞선 뱀의 뒤를 잇고 있습니다
모두 산정에 모였습니다
산정의 아름다운 삼각형 꼭지가 가려지지 않도록
제일 흰빛이 나는 뱀이 그쪽에서 자리를 잡았습니다
또 그쪽에서 아래로 내려 두 뱀이
앞과 뒤로 펼쳐졌습니다
그렇게 산정에 머물며
불룩하게 몸을 부풀리기도 하다가
쪽 펴다가
합치는 것처럼 뭉게뭉게 뭉실거리다가
외따른 자신의 모양으로 천천히 돌아옵니다
징그러움이라니요
한줄기 적적한 평화입니다
순례승이 메고 가는 외줄 악기입니다
산정을 벗어나 뱀들이 다시 높게 뜹니다
가는 방향이 한방향입니다
몸놀림을 빨리하고 있습니다
놀이 올 시간이어서
꽃피는 놀은
건너 산정에서 맞고 싶은가봅니다
따라가는 하늘이 들려십니다
멉니다
사라지는 가느다란 것
여기서는 안 보이는 베일 속으로

아주 들어갈 모양인
저 발 없는 꽃물
깨끗한
선사(先史)의 친구들

등명락가사(燈明洛迦寺) 못 가보았네

저 멀리 바다 언덕
해송숲에 가린
등명락가사 갔다 와본 이들은
모두가 입을 모아 소리한다
아, 거긴 정말. 정말 거긴
거기는 꼭. 다시 한번 꼬옥
부신 등을 금방 켠 듯 눈에 부신 등빛을 달고
잘 알려지지 않은 거기를 다시 꿈꾼다
등명락가사 갔다 와보지 못한 나는
무슨 큰 어두움에 몰리듯
부신 등빛 괴로워한다
흔들리며 흔들리며 등명락가사를 외운다
깊은 바다를 옆에 끌고 억겁을 일어서는
등명락(燈明樂), 등명의 노래
아니다. 우연한 여름날
뜨거운 햇살의 소용돌이 속에 눈감아
나도 등명락가사를 갔다 와본 적이 있다
검게 이운 해송숲 해안도로
바다 쪽으로 돌며 꺾어진 뜻밖의 작은 길 하나
비치는 옷처럼 암벽이 드러나고
암벽 자락에 피린 숨은 꽃처럼
마법처럼

지하철 칸 속 긴 횃대에 앉아 그리어보네

지하철 칸 속 긴 횃대에 사람들이 쪼르르 줄지어 앉아
조는 그 속에 나도 끼어 졸면서 깨면서 그리어보네

앉은뱅이 그는
일어나고 싶지 않은 원병(願病)을 이룩한 사람

장님 그는
보고 싶지 않은 원병을 이룩한 사람

절름발이 그는
앞 달리고 싶지 않은 원병을 이룩한 사람

벙어리 그는
아무것도 말하고 싶지 않은 원병을 이룩한 사람

지금 이 칸 속에 나타났다 다가와 앞을 막다가 돌아 저
칸으로 사라진
자신의 바람에 의해 현생을 이룬
세상의 적지 않은 그들, 장애의 원병인들

그들이 사라진 뒤에도 이 칸 속에는
그들이 다가왔을 때처럼 언제고
조용하고 작은 물품
껌이나 볼펜, 실꾸리 따위가 돌고 있네

그들 붉은 손바닥 안에서 원병의 묘약처럼 꺼내어 디밀어주던

껌이나 볼펜, 실꾸리 그리고 동전 바구니……

냄새가 오는 길목

무엇이든 냄새 맡기 좋았던 길목
다 왔으나 다 오진 않았던

길목에 들어설 때마다
그랬다. 언제고 한 집에서는
길과 맞닿은 부엌 창문으로
된장찌개 끓이는 냄새를
한 접시 가득 생선 굽는 냄새를

그랬다. 이 나라의 냄새가 아니게
뜨거운 열사(熱砂)의 냄새 퍼뜨려주었다
퇴근길 혼자 가는
자취 생활자의 광막한 공복을 후비곤 했다
저녁 어둠 속에서
눈물방울이 된 냄새가 칼끝에 달리곤 했다

늦여름, 풀이 마른다
이 나라의 냄새가 아니게 풀이 마른다
열사의 타는 물의 향이 넘어온다
쓰라린 가을 길목

지금 안 쓸리는 것은

공동주택
밖의 계단을 비질하는데
안 쓸리는 작은 덩어리
죽은 나뭇잎 색깔의
알 수 없는 덩어리
이 꼼꼼한 비질에도
떨어지지 않는

지금 안 쓸리는 것은
지금 쓸어서는 안 되는 것인지 모릅니다
장맛비가 한차례 다녀간 뒤에
굳은 그것은 저절로 풀릴지 모릅니다
죽은 색깔의 그것은 빠져나갈지 모릅니다
굳이 더러울 것도 해로울 것도 없는
알 수 없는 성질이 왜 없을까요
지금 안 쓸리는 것은
지금 쓸 필요가 없는 것인지 모릅니다
이다음, 모든 일이, 다 끝난 뒤
그러니까, 죽음을 찾은, 뒤에는
저절로, 쓸리지, 않을까 합니다만
사는 동안 쓸렸으면 더 좋았을
계단 밖에 나와 앉은
꿈쩍 않는 덩어리

내가 요새 자꾸 뭘 부른다

나는 내가 요새
자꾸 뭘 부른다고 생각한다
도대체 뭘?
김춘수 시인처럼 **꽃**,
꽃을 부르는 걸까
목구멍이 부어도 보채는 아이처럼 **엄마**,
엄마를 부르는 걸까
산엔 진달래
들엔 개나리
아파트 단지엔 아이들
꽃,
엄마,
혹 그런 이름이 허공중에 자꾸 도착했다면
응답자여
죽어도 사는 허공, 최고 통수권자여
당신의 영원한 인기를 위해서라도
짧은 답 한마디 보내놓고 싶지 않던가
가벼운 인심 한번 써주고 싶지 않던가
그러나 다른 곳의 응답을 바란 것은 아닌지
자꾸 뭘 불러놓고
스스로 답해 듣는 것이 있는데
여학생 적 밤 노트에 또박또박 옮겨져 피던
김춘수 시인의 「꽃」은
일찍이 불태워져 재가 되었다—

엄마 또한 일찍 죽어
검은 무덤에서
흙이 다 되었다—

영원

—개 두 마리

매운 겨울 산 오르는
갈래길에서 만난 이정표에는
참으로 이상스러운 낱말이 표시돼 있었다
영원

길 가는 자의 느닷없는 천문(天門)으로 냄새 맡았다
그리운 피, 그리운 꽃, 그리운 울음
길 가는 자 그 누구
이 뚜렷이 가리키는 이정표를 저버릴 수 있겠는가

많이도 아니게 조금 굽어드는 영원의 길은
왠지 진땀이 났고
길게도 아니게 얼마간 앞뒤 사람이 끊긴 영원의 길은
더욱 찬 기운 쳐와 등골이 오싹거렸다

영원의 계단 초입
첫번째 표지판의 안내말

개 조심. 개를 자극하는 어떤 행동도 하지 마십시오.
해를 입어도 책임지지 않습니다. 암주 백.

영원의 계단 올라 영원의 마당 초입
두번째 표지판의 안내말

개 조심. 개를 자극하는 어떤 행동도 하지 마십시오.
해를 입어도 책임지지 않습니다. 암주 백.

영원을 모신 영원암은 채색은 흩어졌지만
영원의 지붕을 덮을 만한
원시 암벽의 거북등 품고 있었다
암주는 출타중인지
전(殿)의 문엔 자물쇠 물렸고
다른 인기척도 없고

오직 늑대 두 마리
황색 털의 몸집이 석탑 같은
맹수의 기운을 온몸에 새긴 꼭 늑대와 같은
개 두 마리
하나는 결코 일어설 일 없다는 듯 묵직이 늘여 앉고
하나는 그 옆에서 팽팽히, 번뜩 서서
마치 흠칫 멈춘 나를 노리듯

아아아아, 나는 물어뜯긴다, 팔이 떨어져나가고,
피범벅이고, 피비린내, 낭자한 핏물,
코가 떨어져나가고,
얼굴이, 피 꽃잎처럼, 흐, 흐드러진다,
아아아아, 쓸데없이, 영원을 기웃거리며,
영원을 자극한 자, 영원암전에 손댄 자,

기어코, 피를 뿌리며, 너덜너덜, 찢긴다,

피 없이 가는 영원이 있던가
피의 대가 없이 영원이 제 얼굴을 보여주던가
그동안 피 내놓지 않아 갈 수도 볼 수도 없었던
그리운 그리운 바로 그것이여
지금 여기
오늘이여

비로소 누워 바라보는 차가운 겨울 산정
흰 점 하나 풀지 않은 청사기빛 하늘이여
찢여진 지체를 쓸어주고 가는 무량한 대기여
없는 코에 대어주고 가는 청량한 바람의 냄새여
저 겨울 벗은 큰키나무들의 가지 끝, 끝마다
영롱히 빛나는 가없는 햇빛이여

커엉
영원 한 마리가 짖는다
높디높게 올라간 산정만도 아닌
청사기빛 가없는 하늘만도 아닌
그런 커다란 속 그 어디로
커엉
영원 또 한 마리가 짖는다

그 어디를 우러러 정지한
영원 두 마리의
치켜든 목울대
찬김이 오르는 허공을 들어 보라
커엉
옛적부터 유현한 답이 메아리쳐온다

망망한 겨울 산
영원 두 마리는
원시 암벽의 적막을 뚫고 힘껏
청사기빛 하늘에 제 얼굴을 바쳤다

나는 피투성이인 채로
청사기빛 하늘에서부터 천천히, 천천히
영원의 얼굴이 가슴속에 찍혀드는 걸 느낄 수 있었다
영원의 울음이 울리는 것도

영원의 마당에 어둠이 든다
범벅의 늦은 피꽃, 피떡을 모자란 대로나마 피워올려
해(害)가 아니라, 축복의 혜(惠)를 입었으니
영원의 암주여
이젠 헤쳐진 몸뚱이를 수습하고
나머지 길
저 아래, 갚아야 할 나머지 길을 내려가야겠다

칼바람이 깨어났구나
계단 내려서기 전 뒤돌아
안녕, 영원아.
네 숨 속에 나를 넣어주었지.
손 흔들어 인사했더니
커엉
커엉

깃발

밤 두세시의 머리맡에는
소리 너무 세다
소리의 뒤도 너무 힘세다

이 밤중
그 어디로 가는 것들이여
거칠 것 없는 산업도로를 달리는 것들이여
각자의 산업을 위해 쌩쌩거리는 것들이여
공중에 날린 접시같이 날아가기도 하는 것들이여

가다니, 가다니, 모두, 그 어디를
간다는 것은 좋은 일이다
오는 것보다 간다는 것은
펄럭인다는 것은

잠자리에 떨군 무거운 머리를 짓부수고
가는 것들이 내는 기함 소리들
불춤을 추는 깃발들

앵두와 폐암

303호가 앵두를 터는 날
두문불출 202호 폐암 남자가 뜻밖에 밭으로 나와
한 움큼 앵두를 얻는다
2층 거실 창에서 풍경으로만 바라보다가
여기 풍경에 자신을 들여도 좋을 힘을 얻었나보다
조금 웃는 듯
손안의 앵두를 한없이 들여다보며
아까 다가왔을 때처럼 천천히 다시 돌아간다
힘 다 빠진 헐렁개비 폐암 남자
저렇게 간신한 걸음걸이

그런데 앵두와 폐암
앵두와 폐암이 어떻게 연결되는가
연결이 되긴 되는가
뜬금없이 무슨 화두에 걸린 듯
먼저 얻은 앵두를 입속에 굴리며 섰던 나는
어리둥절 앵두씨를 깨물어버렸다
어리둥절 화두를 깨문 이상
손안의 앵두 알을 모조리 터뜨려 씹어야 한다

아까 202호 폐암 남자
앵두 알을 입에 가져가며
조금 웃는 듯 조금 고개 드는 듯
내 쪽에겐지 자신한텐지

‘앵두가 익었어요’
무슨 세상 최초의 문장 같은 말을 던지고 갔뎄다

‘앵두가 익었어요’
병마에 상한 사람의 모깃소리의 말이
사자처럼 어린 흰 양처럼
앵두 알도 다 씹고 그만 집에 들어가려는데
사자처럼 어린 흰 양처럼

폐암을 찢고 거기 앵두가 들어가면
폐암을 찢고 거기 앵두가 들어가면

깃털

산 모랫길에서 미끄러지면
비틀어진 나무둥치라도 눈물나게 붙들고 싶은
다시 미끄러지면
말라 바랜 속 빈 풀줄기라도 눈물나게 움키고 싶은

묵지근하기만 한 나날
손발은 더디고 따로 놀고
들숨 날숨은 멋대로 새다가 막히다가

숨
그리운 숨이여

옷이 얇아도
추운 맨발의 아침
추운 맨하늘로
기러기 떠간다

뒹굴고 엉덩방아 찧으며
나무둥치도 속 빈 풀줄기도 다 놓친다

소리 하나 다오
기럭 소리
기러기 못 들었다
깃털 하나 다오

깃털 하나 없다

골짝에 곤두박여
손발은 붙고 떨어지지 않고
모래를 씹고
꺽 숨막히고

독거초등학생

나는 그 소녀를 독거초등학생이라 부르련다
신문지상과 방송에 사회문제로 오르내리는
독거노인이라는 말을 본떠서

소녀는 여덟 살 초등학교 1학년
단칸 셋방에 할머니와 둘이 산다
병중이던 할머니 2개월 전 돌아갔다
엄마는 집 나간 지 오래
아버지는 5년째 교도소 수감중
할머니 돌아가자마자 동사무소에서는
매달 지급해주던 생계보조비를 끊었다
생활보호대상자가 아니라는 것
보호자가 어쨌든 생존해 있으므로
소녀는 자격이 없다는 것
법이 그렇다는 것

그러든지 말든지, 소녀는 그런 따위는 몰라. 다만 이제 자신이 어엿한 독거인이 됐다는 것, 이 광막한 우주에 홀로 거할 수 있는 사람, 그런 사람이 됐다는 것은 아는 것 같다. 보라.

밥 짓는다
바가지에 쌀 씻어 밥솥에 안친다
방 청소한다

빗자루로 쓸고 쓰레받기로 받는다
옷 빨래는 대야에 넣고
비누질 찰싹찰싹
이웃이 넣어주고 간 밑반찬에
저녁밥 올려 먹고
깜깜해져오네 불 켠다
형광불빛이 깜박깜박
깜박깜박 깜박, 다섯 번 만에 들어온다
엎드려 공책 편다
연필 꾹꾹 눌러 쓰기 숙제를 한다 아버지 어머니
아버지 어머니를 책가방 속에 잘 챙겨 넣는다
이부자리 편다 베개 올려놓고
마지막 형광등 스위치를 탁, 내린다
불이 꺼지고
눈이 꺼지고
몸이 꺼져……

……아, 꺼져요. 하지만 나는 소녀가 무엇보다 형광등 불 켜고 끄는 일을 좋아할 거라고 상상한다. 쉽고, 무슨 놀이 같기도 하고. 탁 내리면 환했었는데 얼른 깜깜해지고. 톡 올리면 깜박깜박 다섯 번이나 술래놀이처럼 하다가 화화화 화안해지고.

저 멀리 장수에서 산다는 소녀의 일을 신문 하단 몇 줄

기사에서 본 후로, 그곳으로부터 흔들려오는 빛과 소리를 자꾸 느낀다. 몇 차례 곁인 듯 파고드는 가늘은 그것. 빛과 소리. 몇 날을 번갈아 왔다갔다하더니 어느 하룻날은 둘이 함께 왔다.

소리—플라스틱 통 같은 데서, 플라스틱 컵일지, 쌀을 한 컵 또는 두 컵 떠내는 소리. 역시 플라스틱 바가지일지, 떠낸 쌀을 담아 물 받는 소리. 조물조물 씻는 소리. 마지막 물속 쌀알이 차륵이는 소리.

빛—파르르파르르 파르르파르르 파르르, 다섯 번이나 떨리다 들어오는 소녀의 방 형광등불. 펼친 공책 위에 새하얗게 깔리는 형광불빛. 형광불빛의 잔디밭. 잔디밭 위에 엎드린 소녀. 꽃 나무 나비가 모이는 공책 칸칸마다 또 파르라니 쏟아지는 잔디.

그런데, 독거노인이라고 들었을 때는 밭은기침, 세발 수발, 오물 수발, 간병, 말벗 등의 여러 말이 으레 떠올라와주는데, 독거초등학생이라고 불러봐보니 아무, 아무 떠오르는 게 없다. 독거초등학생이라는 이름은 사실은 아무 생각도 할 수 없게 하는 이름인가보다. 생각이 막히는, 막혀버리는 그런 이름은 본떠 짓지도 부르지도 말아야 하는가보다.

나는 그 소녀의 독거초등학생이란 이름을 지우며 마

지막으로 뒤돌아보았다. 그딴 이름 지워지자마자 소녀는 저 아득한 우주 꽃씨로 잠들었다. 우주 어둠이 내려와 펼쳐진 채인 소녀의 알림장 보호자 확인란에 별을 박았다. 빛나는 우주 사인을 했다. 소녀 잠들기 직전 소녀의 꽃손을 빌려 쥐고서 했다.

죽집을 냈으면 한다

가게를 낸다면
죽집을 냈으면 한다

죽 한 그릇
한 그릇의 죽

죽 한 그릇도 못 얻어먹었다는 말은 너무 사나워
죽이 밥보다 부족하다는 생각도 습관이야

무슨 일의 바탕이든 연하고 조용해야만
원하는 그림을 그릴 수 있을 거다
또 그리고 싶어질 거다

거리거리마다
생고깃집 주물럭집 수산횟집이 난장을 치는 사이로
가만히 끼어서라도
죽집을 냈으면 한다
찬으로는 나박물김치
제일 어울리는 그 하나를 준비해놓고
고소하고 삼삼하게 죽 냄새 종일 풍겨
내 죽집을 그냥 지나치지 못하게 하리

혹사와 공복, 연놈의 세상
죽사발을 만들고 말겠다 이 가는 사람

옳아, 죽사발을 만들어주세요
죽사발이 많아야겠어요
소매를 잡아끌리라

속이 연하고 조용해지면
생각이 높아지는 법

생각이 높아지면
모든 지상의 것들에게로 겹으로 스미리

내 죽집 앞을 사뭇 기웃거리며 부딪는 떠돌이 개야
유리창에 맨날 늘어진 입을 대는 늙은 가로수야
초대하리라 이 쭈그렁이들아
나의 미식(美食) 녹두죽을 특별히 낼게

이 저녁도 길에 지친 행인들의 쓰린 속이 보인다
세상 폭력이 보인다
환중(患中)의 헐은 내벽이 보여

흰죽, 검은깨죽, 야채죽
비집고라도 죽십을 내봐야겠다

무대에서 혼자

쌀통에 쌀을 붓다가 쏟았다

그런데, 꽃 피는 5월에
밖엔 웬 바람이 저토록이나 무섭고 셀까
울고불고 야단이네

10킬로그램 여주 진상미
틀어진 누런 종이 부대가
쌀 투입구로부터 늙은이 거죽처럼 흘러 떨어졌다

그런데, 이 뒷베란다 유리창은
쓰잘데기없이 내리닫이로 크다
북향에다 전망도 없는데
쌀통이나 놓는 덴데

그런데, 6·25
평화롭던 산촌에
느닷없는 총성이 울렸다지
한 발의 총성 다음
숨이 타는 정적이

견디다못해
쌀통 앞에 털부덕
느닷없던 총성처럼

우랄랄랄라 우랄랄랄라 우후 우후 랄랄라아
깜찍 발랄 산요괴들이 발을 구르며 부르는 요들을
아하, 요들송을
발을 구르며 불러젖뜨린 것만 같은데

오호, 쌀이여
온갖 체념의 압축 원자 쌀톨이여
전쟁과 평화도
쌀톨 속에 그려 넣어진 한 가지 무늬
울음과 노래 또한 마찬가지

두 손 모아 거의, 거의 주워 담고
드디어 마지막
엄지 검지를 번갈아 뻗어 새 주둥이로 꼬부려
한 톨 한 톨씩 쌀알을 쪼아올렸다

먼지말이 쌀이 든 바가지를 죽지 밑에 꽉 끼고
거부했던 쌀통을 짚으며
무슨 허드레 차림의 머리 희끗한 새가
부스스 일어섰던가

대낮 시커먼 밖, 들이쳐대는 저 바람
무서라 무서워라
꽃 펴야 하는데, 여왕의 계절인데

단 한 사람

가스레인지 위에 두툼하게 넘친 찌개 국물이 일주일째 마르고 있다
내 눈은 아무 말 안 하고 있다
내 입도, 내 손도 아무 말 안 하고 있다
별일이 아니기에, 별일이 아니기도 해야 하기에
코도 아무 말 안 하고 있다
그동안 할 만큼 하더니 남처럼 스치고 있다

가스레인지 위에 눌어붙은 찌개 국물을 자기 일처럼 깨끗이 닦아줄 사람은
언제나처럼 단 한 사람
어젯날에도 그랬고 내일날에도 역시 그럴
너라는 **나**, 한 사람
우리 지구에는 수십억 인구가 산다는데
단 한 사람인 **그**는
그 **나**는
별일까
진흙일까

두 사직(社稷)에 대한 비탄

결혼 10년 내 왕조의 사직지신(社稷之臣)에는 이런 중신(重臣)들이 있습니다
쌀바가지 국자 걸레 행주 고무장갑 빗자루……

출세(出世) 8년 딸아이 왕조의 사직지신에는 이런 중신들이 있습니다
신데렐라 백설공주 인어 엄지공주 헬로키티……

면면을 보니 내 중신들의 사정이 좀 딱해 보입니다
도리 없지요.
저들 인연이 그러하니 인연 따라 든 것일 테니요

딸아이 중신들은 공주과답게
시도 때도 없이 내 왕조에 들이닥쳐 시비가 많습니다
일 많은 조정을 막무가내로 어지럽힙니다
일 잘하는 굽은 내 중신들을 유리 구두로 막 칩니다
건국이념이 요행히 이상적(理想的)이었대도
왕조의 운명이 천년만년 가는 거 본 적 없고 들은 적 없습니다
성신(星辰)이 다른 두 사직이 서로 뒤바뀌었다는 얘기도 모릅니다

모릅니다. 모릅니,
우왓, 얏호! 딸아이가 엄마가 될 땐 완전 뒤바뀐다! 뒤

집어진다!

두 사직의 화해를 권유하는 찬송이 다 들려옵니다그려

이런들 어떠하리 저런들 어떠하리
만수산 드렁칡이 얽혀진들 그 어떠하리
우리도 이같이 얽혀져 천년만년 누리과저*

좋아요 좋고말고요 허나 사직위허(社稷爲墟)
생이란 왕조에 불이 꺼질 때면 사직위허

빈 들판에 흥망성쇠의 바람이 휘돕니다

토지와 곡물이 말라가는
내 왕조의 사직단 앞을 대면한 어느 날은
아이의 남은 사직이 많음을 부러워하기도 했습니다만

일어났던 사직이란 모두 슬픈 인어공주
제 사직의 비밀을 홀로 품고 벙어리, 벙어리로
깜깜한 바닷속 물거품되어 꺼지는 것을

깜깜한 하늘에는 또
슬픈 국자 북두칠성이 박히겠습니다

* 시조「하여가」.

용문 1

—학골 신씨 할아버지 용

학골
길 끊어진 마지막 마을
여호와의 증인에 나가는 신씨 할아버지 사신다
일찍 상처하고, 남자 몸으로 아들 5형제를
흙 부뚜막에서 밥 지어 학교 보내고 다 출가시키셨다
홀로 농사지으며 홀로 끓여 드신다
까만 가죽 성경책을 사랑하시고
여호와의 책자 『파수꾼』을 늘 넘기며 계신다
일요일은 제일 기쁜 여호와의 교회에 가는 날
양복을 꺼내 입으시고
잠금장치가 망가진 까만 서류가방을 옆에 끼시고
산길 반시간을 내려와 마을버스 정류장에 서신다
반질하게 닳은 양복과
테두리 뱅 돌아 벗겨진 까만 서류가방을 첨 봤을 적엔
할아버지와 상관없이
물건들이 변천하는 제 존재를 표현하는 방식이 먼저 눈을 찔렀다,
물(物)이 된 모든 것의 오늘 일은 존귀함이 그 기원이러니, 어쨌든
할아버지는 자그마하고 말랐고 고우시고 조용하시다
수줍어하시는 것 같으면서도 줄곧 웃음 띠신다
손만이 농투성이의 손답게 검붉게 불거지셨다
낡은 넥타이로 바지허리를 맨날 쩌매고 계셔도
할아버지는 여러 가지로 참 신사다

여호와의 할머니 교우들이 와 도와준 땅속 김장김치를
묵은 맛 좋아한댔더니 묵은 맛 돌 때 퍼 가게도 하셨고
장대 두드려 살구 따게 하고 감자를 캐 가게도 하셨다
특히 『파수꾼』을 억지로 건네주거나 하지 않으시는 점
그 표지 그림 속 사과 같은 얼굴로 사과 열매 따먹는 낙원으로
모두 함께 가야만 한다 잡아끌거나 하지 않으시는 점
암만 생각해도 깨끗한 참 신사의 면모
얼마 전엔 평상을 살구나무 아래 마련해놓으셨는데
할아버지네 집 평상이 그 골짝의 사랑방이다
살구나무 잘 뻗은 가지에 용문우체국 우편함이 다 걸려져 있었으니
기쁜 소식, 여호와의 기쁜 소식뿐만이 아니라
이 골짝 일생 파수꾼들을 위한 기쁜 소식이 그래도 스며드나보다
빨간 우편함 입에 자주자주 할아버지 신씨 성 앞으로
흰 접시꽃잎들이 날아와 물리기를 원해본다
바르셨던 할아버지의 허리 이미 많이 꼬부라지셨다
마당 둑에 한껏 모가지가 긴 흰 겹접시꽃
소복소복하게 제 꽃송이의 사다리 놓으며
올해도 하늘나라
할아버지의 젊은 아내에게로 간다

용문 2

—번개탄 공장 자리의 그녀 용

학골과 용수1리 사이
앞뒤로 호구가 끊어진 외따른 집
소설책 읽는 것 좋아하는 그녀 홀로 산다
좋아하는 이불 빨래 자주 하며 하루가 바쁘다고 산다
그녀 30에 용문 들어 40을 넘어섰다
거기 번개탄 공장이죠, 처음 두어 달
밤중 시커먼 목소리의 남자 전화가 덮쳐들곤 했을 땐
파출소 전화번호를 안 알아둘 수가 없었단다
어찌 안 그러겠는가 젊은 처자 혼자 처음 산골 생활에
언젠가는 눈 쌓인 겨울 숲속 산책길에서
또 시커먼 멧돼지와 딱 마주쳤는데
먹이 찾아 내려왔을 그 멧돼지가 또 좀 안 내려오나
요즘은 그리워 죽겠단다 그러면서
번개탄 공장 전화 시절을 깔깔댄다 깔깔대다가
번개탄 공장 자리 싸구려 조립식집살이의 모든 것이
암만 생각해도 자기를 위한 모든 거였다고 주억거린다
이 골짝까지 뻰질나게 탐문하는 차량들을 보며
떠야 되겠다 떠야 되겠다 하면서도
뜨면 그만일 셋집에 도배와 장판을 새로 했다
쓸 만큼 쓴 집이 너무 고마워 즐거운 예의로 그랬단다
뱀까지야 들일 수 없어
집벽 둘러가며 백반을 뿌려 금을 치긴 했지만
깊은 골 홀로 남은 노인들과는 금 없는 처자로 지냈다
같이 학골 올라갔을 때 그곳 할아버지가 싸준

요새는 구경도 할 수 없는 산속 싸리버섯
깊은 바닷속 붉산호 같은 싸리버섯을 싸안고 내려와
급하게 볶아 먹던 그날 점심
싸리버섯 맛 어떻다고 절대 서로 말하지 못했다
희귀한 것 오 귀한 것 향기로운 것 말하지 못했다
저런 게 여름 숲인가 문에 기대어 바깥
뭉글뭉글 두려움까지 일으키는 검은 녹색 음영을 바라보다가
유난히 짙은 음영 하나 잡아내어
10년이면 긴 건가 어쩐 건가 짐짓 등뒤로 던졌댔다
등뒤 그녀 10년 소감을 묻는 그 음영 놓치지 않았는지
산봉 쪽으로 쭈욱 끌고 가다 멀리 말했다
10년 시간이란 게 얼마나 짧은 건지 그걸 알았다고
그녀 한없이 휘어 머리맡 시냇물 소리와 함께
모든 시커먼 것들을 무찌르더니
뭉글뭉글한 여름 숲 두려움까지도 무찔렀나보다

이따금 그녀 집 상공으론 알지 못할 비행기가 떠간다
흰 비행선을 그으며 꺼트리며 빠르게 사라져간다
이역만리를 가려나 중얼거려보는
날아오르는 꿈을 특히 많이 꾼다는 그녀에겐
날개 달린 것의 대낮 출현은 좋은 낮꿈이었다

용문 3

—칠뜨기 같은 스님 용

막리 종점
칠뜨기 같은 스님 한 분 사신다
8월 염천 어느 날
처음 와본 종점 마을에서 떠돌다
러닝셔츠 바람의 스님을 처음 봤다
한 촌로와 무슨 긴한 얘기였을까
셔츠 바람의 상체를 정도 이상 구부리고
쪼그라진 촌로와 맞붙을 듯 너무 곁을 붙이고
성심에 성심을 다해 듣는 것 같은 표정 그 몸태
그래서였을까 좀 별스러웠는데
매끄러워 보이지 않는 게 모자라 보이기도 하는 게
꼭 칠뜨기같이
자기를 잊은 성심성의의 그 미욱한
어릴 적 옛 칠뜨기들을 우리는 기억하지 않던가
동네 어귀를 빙빙 돌던 옛 소년 자꾸 돌아다봐지던
스님 절 비슷이 하나 짓고 여기 막리에 들기 전
염불 독좌 3천 일 기도를 끝내고
사념을 없애주십사 발원한 그 원을 꿈같이 이루었단다
외부와 끊은 밤낮 없는 일념의 생활이
뭘 빼먹은 것 같은 얼띤 표정을 선사했으리라
자신의 속으로 속으로 들어
어디 한곳만을 오래 바라보게 된 사람들 중에는
세상과 섞일 때면 뭔가에 걸린 듯 이상스레
말도 잘 줍지 못하고 먼 곳 봐 찌푸리게 하지 않던가

언제나 느꼈지만 스님은 어깨와 등판이 푹 젖도록
너무 열심히 목탁 치고 너무 열심히 염불하신다
다른 절에서라면 시간 반 정도면 끝날 보름기도회를
얼음 수건 옆에 놓고 다섯 여섯 시간씩 이어가신다
몇 명이나 신도 있을까 싶었던 이 구석에 보름날
2, 3백 신도가 모여드는 걸 보고 기가 찼으나 공양 때
비닐 막 공양간은 문짝 잘 너풀대며 터지지 않았다
스님의 한쪽 어딘가로 쏠린 듯한 표정 때문이었을까
자기 쳐다보는 눈빛이 찝찝하다는 심사를 사정없이 드러내는 처자 하나 있었지만,
나는 끌린다
마을을 러닝셔츠 바람으로 나도는 칠뜨기 같은 스님
녹차 한번 내놔준 적 없는 품격이란 없는 스님
해도 기도 정성 염불 정성 하나만은 무진장 믿게 하는
알머리 희끗이 덮여가는 스님을 잠깐잠깐 뵙노라면
8월 염천 그 뜨거웠던 햇살이 다시 찌르는 것 같다
짙푸른 여름 절정 산마을이 흙담에
흰 러닝셔츠 하나만을 달랑 내걸어 태우는 것 같다

2부 명자나무

조금 웃다

다 싫고 싫고 잠도 싫다는 한 시인의 시작 노트를 보며 조금 웃다

끝없이 끝없이, 다리가 썩어 잘라내게 되더라도 끝없이 끝없이, 걸어만 갔으면 한다는, 랭보 얘기가 떠오르는 그 시인의 연이은 노트를 보며 또 조금 웃다

고개 드니 밖은 비구름 내렸다 걷혔다 하는데, 장마철 비구름에 덮인 햇빛의 간신히 비어져 나오는 빛살만으로도 밭의 채소들은 눈부시게 초록을 내뿜는다. 이 집 앞에 딸린 작은 밭에서 밭일하는 걸 좋아하는데, 뭐, 그런 따위는 밭일이 아니라 흙장난이라나. 그런 낱말풀이를 한 외어(外語) 사전에서 찾아보고 되게 웃었던 기억이 새삼 나 다시 또, 조금 웃다

정다운 얼음

몇십 년 만의 강추위에
얼음을 다 본다
정답다
방금 길바닥 얼음의 찬 빛에 두 눈이 찔렸다만
찔린 눈에서는 정작
입김 같은 것이 핀다
기억이 따스히 맺히듯 친근한 것이
단단하고 투명한 속
얼음의 얼굴
방금 낯설었다만
오래 지나왔으면서도 오래 잊어버렸던
가난과 고적
독락(獨樂)과 무색
정다운 그 얼굴 위에
소가죽 구둣발을 올려놓기보다
주머니에서 바로 손을 뺀
피 따뜻한 손바닥을 맞대고 싶다

1278먼지

사가와아키씨로부터 우편물이 왔다

그런데 우리집 주소에 1278먼지
일순 재미있다가 유쾌했다가
의미심장, 웃음이 싹 걷히는 거였다

나는 1278먼지에 산다

우리집은 1278번째 먼지집
나는 1278번째 먼지

우리집은 먼지가 1278개
나는 먼지가 1278개

우리집과 나를 털면
먼지가 풀풀
1278 1278 1278 1278

사가와아키씨가 시침 떼는 척 건드리지 않았더라도
나는 결국 털려 허공의 번지로 가리라
뽀얗게 일어서는 1278먼지 길

여름성경학교

나 저걸 한번 해봤어야 했다
동네마다 방학과 바캉스 시작되면 걸리는 플래카드
가로에 나부끼는 하얀 천의 여름성경학교
나무와 나무 사이에 두 팔 건 여름성경학교
노랑 파랑 색글자들이 파라솔 무늬 같은
그 아래 지날 때마다 아침
끝없이 투명에 가까운 새틴 식탁보 펼쳐졌다
앳된 빵내음 깔렸다
파인주스 복숭아주스 같은 달큼 새큼한 물 머금었다
올려다보면 투명한 유리 주스 잔이 떠다니며 웃었다
나 저걸 한번 해봤어야 했다
두 팔 벌려 예수님이 부르지 않더라도
인자로이 하나님이 손짓하여 부르지 않더라도
임간 여름성경학교 즐거운 학교
배낭에 찬송가책과 성경책을 빌려 넣고
산속 수양관으로 계곡 야영장으로
형제자매 하는 친구들과 손에 손잡고 또 손뼉 치며
율동과 찬양 레크리에이션과 친교
예배와 성경 공부는 살짝 쪼금만 그래도
하나님과 예수님
같이 손뼉 치고 율동하며 귀여워 어쩔 줄 몰라 할 거야
다시 물가에선 물고기 잡고
풀밭에선 뛰노는 어린양
별밤엔 모닥불, 랄라, 까만 밤은 깊어만 가고

깊어만 가고, 오히려 더 환해지는 하늘 천장
묵묵부답, 여름참선수련대회만 참석지 말고
공중에 문 연 비둘기, 여름성경학교
나 저걸 한번 해봤어야 하는데 그랬다

슬픔

슬픔 때문에, 허리띠가 남아돈다는
젊은 시인의 신작 시구에 가슴이 쿵! 한다
나도 슬프다고밖에는 말할 수 없는데
나는 왜 자꾸 허리띠가 모자라는 것이냐
물론 금방 대거리를 했지만
쿵! 소리를 들이켠 뒷맛이 계속 가라앉지를 않는다

천고마비의 계절 신간 시 잡지를 덮으니
표지가 번덕번덕 유광지네
웬, 빛이, 뻔덕뻔덕, 어울리지 않게시리
마침 깨끗지 못했던 손가락 끝으로
표지의 유광을 뿌옇게 문질러줬다

슬픈 날의 우정

오랜만에 볼일이 있어 가보는 옛 살던 동네
낯선 길도 아닌데
그만 삐끗하며 길바닥에 엎어져버렸다
어이없이 두 무릎이 꺾이고
콘크리트 길바닥에 파인 홈 때문
두 무릎이 꺾인 채 땅을 짚고 시간이 흐르는데
머릿속으로는 웬 청량한 바람이 드는 거였다
길바닥에 갑자기 엎어져
두 무릎과 두 손바닥을 대어본다는 것
국면을 바꾸어본다는 것, 한편 그치고
한편 깨어난다는 것은 필요한 일이다
길바닥이 나의 발을 건 것은
내가 계속 어떤 슬픈 생각을 물고 있었기 때문
옛 동네 길바닥이 옛 우정으로
그걸 쳐 떨어뜨려준 것
그때 길바닥에 답한 계면쩍었을 내 웃음은
알았다고 잊어버리겠다고
자신은 없지만 떨치겠다는 맘 담았을까

민벌레

몸길이가 고작 2밀리미터
삶의 거의 전부를 두툼한 나무껍질 밑에서 산다지요
눈은 퇴화하여 거의 흔적도 남지 않았다지요

민벌레를 읽다가
민벌레야, 그만 한숨처럼 불렀더니
민벌레가 대답을 합니다
두툼한 콘크리트 껍데기 속 구멍에 끼어
여기요, 여기요,
몸길이가 점점 밀리미터 수준으로 되어가는 내가
눈이 점점 먼지 눈이 되어가는 내가

명자나무

베란다 창이 가른 검은 그늘의 안쪽에서 바깥의
찬연한 햇빛 속, 잔꽃송이들을 새빨갛게 뭉쳐 매단 명자나무를 익히다가
갑자기 큰 소리로 명자야, 하고 불러버렸다
외로움과 시름이 탕, 깨어나더니

명자야. 뭐하니. 놀자. 명자야. 우리 달리기하자. 돌던지기하자. 숨기놀이하자. 명자야. 나 찾아봐라. 나 찾아봐라. 숨어라. 숨어라. 나와라. 나와라.

베란다 창이 가른 검은 그늘의 안쪽에서 바깥의
찬연한 햇빛 속, 잔꽃송이들을 새빨갛게 뭉쳐 매단 명자나무를 익히다가
갑자기 큰 소리로 명자씨, 하고 불러버렸다
외로움과 시름이 땅, 달려나가더니

명자씨. 우리 결혼해. 결혼해주는 거지. 명자씨. 우리 이번 여름휴가 땐 망상 갈까. 망상 가자. 모래가 아주 좋대. 명자씨. 망상 가서, 망상 바다에 떠서, 멀리 멀리로.

우는 새

우는 새야. 네가 울어 내가 즐겁다면, 하루내 울련? 먹은 밥상이 그대론데. 잠 깬 아기 젖 얼른 주고. 새로 가다듬어 울련?

새가 울면 언제고 듣기 좋아라. 뭣 때문에 우는지 알고 싶지 않은 채. 네 목에서 피가 솟구쳤는지, 깜깜한 가지 끝에서 명주 날개를 찢겼는지 알 바 없이. 네가 울음을 그치면 서운해. 서운함에 밑도 끝도 없이 굴러.

아, 안 돼. 이놈 들고양이야. 이 자식 도둑고양이야. 저리 가. 건드리지 마. 내 기쁜 소리를 다치게 하지 마. 먹지 마.
먹지 마. 안 돼.

우는 새야. 하루내 울련? 구석에 배추 다발은 빼드러지는데. 잠 안 자는 아기 짜장짜장. 피 솟구치면 그 피 삼키고 가다듬어 울련? 새것처럼 울련?

겨울 밭, 봄 봄

눈이 온 하루를 내리는 날
내 밭에만 안 내리면 어쩌나
남모르게 가책되는 일 있는 사람처럼
돌아앉아 밭 쪽으로는 고개 돌리지 못했다
하절(夏節) 것들 다 깨끗이 비워냈다고 생각했지만
내 생각일 뿐이고
걸리적거리는 푸르딩딩한 것들 남아 있어
뿌리를 썩이거나
잔뜩 얼어 부어 있거나 할 것이기에
눈이 제자리를 일색으로 펴기에는
푸르딩딩한 것들 지저분하게
하절과 동절을 이간질할지도 몰랐다
돌아앉아 애를 먹다가
못 참고 고개를 확 돌려봤더니
봄 봄 스프링!
내 밭에도 눈이 덮였다
다른 밭보다 못하지 않게 두툼히
제철 눈이 희게 제대로 덮였다

배꽃 시절

열일곱일라나, 저 배꽃, 배꽃들
하얗게 미쳐 피었다

나, 열하고 일곱일 때
엄마가 상심한 듯 말했다

옛말에, 미쳐도, 이쁘게 미친다는 말, 있는데
네가, 그 짝인 게, 아니냐

조그만 아니 커단 향낭이 순간 터진 듯
쓰거운 향내가 확 끼쳤다, 폐 속까지

나, 그때, 전혀
탈 없는, 하얀 여학생이었으리라, 생각하는데
너무 탈 없는, 그것이 바로 탈이 되어
하얗게, 죽음을 뒤집어쓴, 그림자 같은 거였을라나

배꽃 시절이다
절정이다

미쳐도 이쁘게 미친다는 옛말 같은
자기 엄마가 어둠에 잠겨 떠듬거리는
그런 말의 매 맞지 않고서는
저 비탈에 뒤집어진 열일곱은 없다

가뭄

구암 약수
광천 약수
명랑 약수

떠 먹고 길어 오던
약수가 죽었어요
한 가닥도 없어요

여름 초입에 이르도록 계속되는
봄 가뭄

구암 광천 명랑
가슴 골 바위 밑 감정들이 바닥을 드러냈어요
가득 살아 쫄쫄거렸을 땐
구암 광천 명랑
달고 시린
참약을 내고 참물을 내었죠

병은 고쳐야 하고
감정은 살려야 하는데
약도 물도 없는
구암 광천 명랑 전역에
끝내 가뭄

질기다

식어빠진 토스트 두 쪽을 밤참으로 씹는다
질기다

질긴 것은 모기들
찬바람 난 지가 언젠데
집안에서 돌고 돈다

돌고 도는 것은
지붕 아래
지붕 아래
납작한 잠과 꿈

공기구멍이 딱 막힌 고무같이 된 토스트

철없는 모기 아이는
토스트 손에 자꾸 올라타
자기도 달래
피를 달래

우물쭈물 우물쭈물

벌써 오래됐다 예전엔 내가
그렇게 우물쭈물한 사람은 아니었던 것 같은데
그 언제부턴가 완전 우물쭈물이 된 게

우물쭈물, 말도 생각도 몸도 우물쭈물
밤에 꾸는 꿈마저도 우물쭈물이다

따르릉 따르릉 비켜나라고
우물쭈물하다가는 큰일난다고 하는
어린애들 노래가 있는데

정말 큰일나겠다
어린애들 노래 속에서라면야
세발자전거에 콩 부닥치는 정도겠지만
정말 큰일나겠다

달아나긴 달아나야 하는가본데
막 달아나야 하는가본데

유리창
—만남

유리창은 지금 어린아이와 같다
천진하고 재미롭게 논다
대단지 아파트 밀집 지역에서 벗어나
아주 끄트머리 산 아래로 이사 온 후로는
가만있지를 못한다
반짝반짝 안으로 바깥으로 반짝반짝
자주 제 몸을 분주하게 닦는다
키 큰 나무숲과 산봉우리들이 풍선처럼 떠 있으니
바쁘지 않을 수 없다 부지런해지지 않을 수 없다
본래의 제 일을 제대로 하게 된 즐거움
수년의 지난 삶은 무겁기만 했다
검은 먼지, 불통의 벽, 철근 콘크리트 그림자
손 하나 나오지 않는 죽은 구멍만 상대하였다
방법이 없는 것만 같은 지난 삶을 벗어난 유리창은
이중의 두꺼운 몸피에도 상쾌하고 가뿐하다
봄을 재촉하는 비가 간밤 다녀가기도 하였고
하여 이른 아침부터 새 일이 많다
나무숲의 꼭대기를 살살 벗기며
붉은 햇덩이를 올려놓아야 하고
곧이어 새들을 쌔앵 날려야 한다
새 울음소리를 공중에 부딪치게 해야 하고
저기 산 능선을 떼어내듯이 그려놓아야 한다
덤불 언덕을 헤쳐나가다가
바위봉 산울림을 무늬 그림으로 바꿔내야 한다

비로소 거실 앞면을 다 차지한 대형의 몸피를
지난 삶 때는 거북살스러웠던 치수의 몸피를
이곳에서는 자랑삼을 수도 있을 것 같다
유리창은 드디어 산을 만난 것
산은 그대로 자신을 담아줄
티 없는 그릇
어린아이와도 같은 유리창을 만난 것이다

취를 뜯으며

맨손등이 여직 바싹 마른 나뭇가지의 가시에 긁힌다
이동할 때마다 수그린 어깨 치는 낮은 나무들에선
긴 겨울이 살비듬처럼 얹어준 먼지가 파르륵 일어난다
햇빛은 머리카락을 바스라뜨릴 듯 따갑게 쏟아지고
또 쏟아지는 땀을 긋는 손등의 길게 긁힌 곳 아려온다
참취 곰취 미역취 떡취는 한껏 숨어 논다
모였다 흩어졌다 낮은 떡갈나무 그늘로 잘 들어간다
크고도 대담한 떡취 한 놈은 코앞에 떡 버티어 서갖고
엄마야, 이마를 맞부딪치게 해버린다
그러다가도 모조리 꽝꽝 숨어
산 숲이 일시에 정지한 듯한 시간만을 들이켜게 한다
옳아, 허리를 곧게 펴고 죽은 듯이 주목하면
못 참고 우묵하게 더미 진 속에서 삐죽 저를 내민다
곰이야 미역이야 떡이야 저들을 발견해낼 때마다
손은 자동기계처럼 착착 홍겹게 뻗어나간다
궁둥이 뒤일지라도 순간 작동 절대 놓치지 않는다
도대체 언제 누구한테 이토록 잘 배웠을까
나물하는 일 이리 좋은 것을 어떻게 알았을까
떠오른다. 머나먼 임간국(林間國)
몇 겁을 산 처녀로 산골짝을 훑고 살았다는 거
첫 한두 겁은 혹 그랬을지 모르지만
어느 사내도 따라가지 않고 나물과 짝했다는 거
몸이 다 기억하고 있다 머나먼 시절
손톱 밑을 파고든 취물이 황홀하다

팔뚝에 건 질긴 비닐봉투 속 취향기 묵직하다
산 숲이 암만 엉켰대도
참취, 그놈들을 찾아내는 길 종일토록 만들 수 있다
외따른 데서 간혹 눈빛을 거는
역시 어여쁘달밖엔 없는 산꽃들도
취에 비하면 재미가 덜하다
밥상 위까지 쫓아와 오르는 건강한 산내음의 내 짝들
쉬임 없이 겹을 굴린다
산나물철이다. 참취의 계절. 연한 뱀 들락인다

안국에서 짜장면을

10월의 한 일요일
안국에서 짜장면을 먹었다
친구와 그의 아들
나와 나의 딸 네 사람
안국에서 짜장면을 먹었다
원래 만난 곳은 인사였지만
인사의 진열장 전통 도자 미술품 구경도 짐 같고
북 치고 떡 치고 엿가락 치는 장사와 소음
전통의 어줣도 안정한 절도 없이
어깨와 어깨가 치이는 옹색한 거리 벗어나
안국에서 짜장면을 먹었다
물러나 앉은 듯한 조용하고 한산한 일요일의 안국
지난 연대의 이발소 그림 같은 낡은 중국집이
하는 듯 마는 듯 영업하고 있었다
짜장면은 기대도 안 했는데 맛있었고
우리 자리 둘 건너 한 가족이 더
우리처럼 쪽쪽 짜장면을 길어 올렸다
어린 딸 아들 손잡고
뒷길 안정한 안국에서 보낸 한낮
짜장면과 함께 길어 올린 시간은 짜장 괜찮았다
10월 햇빛과 물든 가로수가 배경이어서
우리도 쪼금은 눈부셨다
정담의 무슨 작은
전통 다완(茶碗)의 시간처럼 은은했다

절(絶)

이슬비가 옵니다
그 집에 가보고 싶습니다
언덕에 오르면 환히 내려다보이는 집
언덕 아래 그 집을 지키고 싶습니다
우산 속에서 그 집이 점점 펼쳐집니다
잠자는 듯 여전히 기척 없습니다
이슬비 소리 없이 발아래 쌓입니다
그 집 널따란 흙마당에도 같이 쌓입니다
흔하게 나무 한두 그루 서 있지 않은 고요한 마당이
그 집의 보배, 유별한 진미입니다
담쟁이덩굴만이 안의 무엇인가를 가릴 양인지
온통 몸을 굴려 담장을 덮었습니다
바랜 기와지붕은 물 먹어 처음의 먹빛을 띠었습니다
이상합니다, 여전히 기척 없는 그 집에서
이야기 소리 들려요 웃음소리 섞이고요
방문이 어느 결에 열리기라도 했는지
닫기는 소리 또 또렷하고요
그것들의 모든 음향이 가는 이슬비의 발을 흔듭니다
음향만이 모여 사는 거라면
참 이상합니다
언제는 한번 마당 가득 빨래가 널려져 있었습니다
언제는 또 나무 한 그루 서 있지 않던 마당에
목련 대추 벚 등(藤)이 치렁하게 들어차 있었습니다
그 집은 버려진 집이 아닙니다

무작정 비워둔 집이 아닙니다
누가 안에 살아요. 안에 누가 살아요
아, 그 집에는 누가 사나
이슬비가 옵니다
우산 속에 쪼그리고 하루 낮이 다 가도록 지킵니다
손님이라도 혹시
손님이 아주 없지도 않은 것이 바로 지난번
마루에 밀어져 있는 찻상을 보았습니다
치우는 걸 잊었는지
주전자와 찻잔 흩어져 있는 걸
손님이 방문한 날의 잔 여울이
신발 벗는 곳 근처를 맴돌고 있었습니다
얼마나 흘렀을까요
감감한 이슬비 속을 뚫고 뜻밖의 새가 옵니다
삐리리, 단추새가 옵니다, 파란 초인종새가
한 부인이 마당을 들어서고 있습니다
머리 흘리듯 틀어올렸고 기다린 치마 끌립니다
고적한 살빛을 지닌 부인입니다
잠자던 처마 기둥이 목례로 일어서고
문들의 살이 틈새를 바싹 당깁니다
가라앉기만 하던 마룻장이 떠오르며 가슴을 맞춥니다
쌓이기만 하던 이슬비도 가는 허리 둥둥 날립니다
우산도 없이 들어선 부인이 다 젖고 있습니다
기다랗게 기다랗게 흐르고 있습니다

누가 안에서 좀 나와요
저 고적한 살빛의 부인을 어서 맞아요
방문 열릴까 열릴까
그러나 여전히 기척 없는 숨죽인 이슬비 속의 집
부인이 저고리 고름을 늘입니다, 다시 당깁니다
어깨에 잠시 얹혀졌던 손이 허리주름께로 내려옵니다
부인의 고개가 발아래를 향합니다
목덜미에 젖은 머리올, 이윽고
부인이 하얀 신발코를 보이며 뒤돌아서려는 듯싶은
그때,
그때, 우산을 든 내 손이 우산대를 놓치며
가지 마세요. 가지 마세요.
재빠르게 내질러 방문의 고리를 따는 것입니다
여기 있어요. 여기 있어요.
방문의 차가운 쇠고리를 젖히는 것입니다
아, 그때 알았습니다
그 집에 사는 이는 바로 나
비치는 지우산의 너울로 외로움을 가린
흙마당에다 치렁한 기다림을 심기만 하는 나인 것을
어느만큼 굴러간 우산을 집어 올리며
황급히 언덕을 내려옵니다
손대지 말라는 진품에 손 뻗친 어린아이처럼
제지받은 손의 못다 한 감촉을 굳게 쥐고
마른 생활의 집으로 돌아옵니다

나는 경호지(鏡湖池)에서 살아요

나는 비 그친 경호지에서 살아요
칠 없는 누각이 세워져 있죠
비 그친 후 햇빛은 비눗방울놀이처럼 쏟아지고요
씻긴 나무의 물 흐르는 몸을 제일 처음 보게 되죠
잠겨 있던 물고기들이 수면을 뚫고 솟아올라요
둘레의 큰 나무들 어쩔 수 없이 얼굴을 얻어맞죠
다가가면 모두 냄새가 나요
나무에선 물고기 냄새
물고기에선 나무 냄새
숲 너머 옛 목조 승원은
지금 본전(本殿)만 요행히 남아 있다죠
여기 외따로 떨어져 가득한 경호지는
장려했던 승원의 보물
칠 없는 누각은 경호지에 딸린 보물이고요
본전 가는 쪽의 옛 오솔길은 잡풀 천지예요
지워진 길 부러 만들고 싶지 않아 놔두고 있어요
마른 삭정이 부러지는 겨울이 오는 때이거나
본전에서 울려보내는 쇠종소리 듣다 못내 깨우쳐지면
지워진 길이 새길이 되겠지요
꽁꽁 얽힌 잡풀을 종일 걸려서라도 뜯어낼 테니까요
그러면 새길을 밟고
어둑신 남아 있는 본전을 한번 보러 갈래요
칠 없는 누각의 맨모습은 오늘 핏빛이에요
선연한 꽃빛깔로 피었단 말예요

탱탱히 무색의 마음이 터졌단 말예요
오늘밤 나는 이 누각에 들어
터진 기둥이며 난간 받침을 쓸어안을 거예요
불타오르도록 깊이깊이 파고들 거예요
못물에 자신의 그림자 빠뜨려놓고 나는 뛰어다녀요
한철 의지할 곳이라곤 여기밖에 없는 아이처럼
경호지의 넘치는 모든 걸 주워 먹어요

3부 희어서 좋은 외할머니

목격자

열아홉
내 손으로 눈 감기고 염한 엄마의 삼우제 끝낸 날 밤
밖에서 엄마가 안타까이 내 이름을 불렀다
자다가 뛰쳐나갔는데
검은 사자의 외투에 검은 두건을 뒤집어쓴 엄마
대문에 바짝 붙어 철 문살 위로 컴컴한 얼굴을 올리고
엄마 얼굴이면서도 턱을 쳐든 남자 얼굴 같기도 한
대문 못 열어주고
눈만 크게 뜨다
그만 뒷걸음으로 돌아선 그날 밤 목격 이후

철망이 쳐졌다 철망담 안에서
목격자의 어두운 비밀과 두려움을 홀로 품고
10년의 10년의 10년을 서 있었다
철망 그림자가 어룽이며 가위표로 얼굴을 얽는 동안
마음이 잘려나갔고 표정이 말라내렸고
내 눈은 본래 생긴 대로 작아졌다

뚫린 철망 바깥세계에 그 무엇이 튀어나올지라도
이젠 목격자의 크게 뜬 눈 가질 수 없다
팽창하는 모골의 꽉 찬 슬픔
이룰 수 없다 이룰 수 없다

낡은 세계가 메마르게 흘러간다

희어서 좋은 외할머니

외할머니는 희어서 좋다

그때, 일흔일곱
더 세지 않고 멎은
그 숫자 희어서 좋다

아들자식 없어
혼자 사시었으니
그 혼자도 희어서 좋다

부뚜막 앞
홀로 먹을 조석을 끓이기 위해 나날을
흰수염새우등처럼 꼬부리었으니

참빗질 내리던 긴 흰머리
흰 비녀, 가는 손가락 백 가락지
흰 옥양목 치마저고리 차림
잘록히 쩌맨 흰 허리
흰 고무신, 흰 양말
안섶에 지른 흰 명주 손수건

그때, 벽제에서
탈 대로 타고 남은 형해
흰 팔 흰 다리 흰 골반 흰 해골 흰 늑골 흰 목

백암으로만 이루어진 무인의 작은 섬 무리처럼
떨어지면서 모이면서 희디희어서

쇠 절굿공이로 백암의 섬을 거둬 짓찧을 때
말라깽이 백설기 맛없이 부서져내리듯
흰 알갱이 흰 가루

외할머니의 모든 것 희어서 좋다
이름에 붙은 머릿자 '외' 자가 이미 너무 흰 것을

불러본다. 외할머니, 한숨처럼
꿈으로라도 못 오나, 흰 꿈으로라도
나, 희디흰 열일곱 적의 영원, 매혹의 백광
흰 생, 흰 죽음이여
꼭 끼운 지환의 흰 달무리여

외할머니의 흰 것은 모두 지붕 위로 던져져
마지막 흰구름 되어 좋다
초혼(招魂)을 해도 멀리 떠오르기만 하더니

백미(白米) 시루 위에 새 발자국 남겨 더 마지막
새 나라의 아기 되어 날아가 좋다

들어간 사람들

외할머니 일흔일곱에 들어갔다
한 해 뒤 어머니 마흔일곱에 들어갔다
두 사람 다 깊은 밤을 타 들어갔다
들어가기 전 1년씩 1년 반씩
병고에 시달렸지만 들어갈 때는
병고도 씻은듯이 놓았다
두 사람 들어간 문은 좁은 문은 아닌 것 같다
일흔일곱도 받고 마흔일곱도 받은 걸 보면
좁은 문은 아니나
옷 보따리 하나 끼지 못하게 한 걸 보면
엄격한 문인 것 같다
두 사람 거기로 들어간 후 두 번 다시 나오지 않았다
거기 법이 그런가보았다
하긴 외할머니 어머니
여기서도 법도 잘 지키던 사람들이었다
들어왔으면
문 꼬옥 닫을 줄 아는 사람들이었다

꿈길

희디흰 메밀꽃밭이 양쪽 페이지로 펼쳐진
『우리고향산책』 사진집 속에서 만난 그 어머니는
왠지 생시 길이 아닌 것 같다
무량한 빛 쬐며 꿈길을 오시는 것 같다

생전처럼 그 어머니, 얼굴 다 태우며
무겁고 아팠을 남색 보따리 높게 머리에 이고

가시고도 무엇을 싸 뜨겁게 이고 오시나
감자나 떡 옥수수와 메주콩 같은 양식거리를

어머니, 가신 어머니, 언제 도착하시려나
언제 똬리를 내리고 목을 푸시려나

아직도 광활한 메밀꽃밭 한가운데
그러나 그 어머니, 두 손은 가벼이
생전처럼 가벼이 내려놓으셨네

바보, 흰 가제 손수건

전자우편으로 도착한 편지 속에
흰 가제 손수건
그때 이미지가 흰 가제 손수건 같았노라는
결혼해서 애 낳기 10여 년 전의 내 모습을 기억하는

놀란 가슴, 달아오르는 부끄러움
흰 가제 손수건, 확대되는 화면의, 그 여섯 자를
화이트 아닌 화이트로 겨를 없이 지우며
흰 공백을 쳤습니다
흰 공백을 쳐 건너뛰지 않고는 도저히

오늘 같은 웹세상에서도
흰 가제 손수건이 다 튀어나오고, 그래서 놀랐고
예전 한 사람에 대한 인상을
흰 가제 손수건 같다고
10여 년이 지나 말하는 사람의 마음이
더욱 흰 가제 손수건만 같아, 얼굴 달아올랐고

딴은 깜깜 잊어버린
흰 가제 손수건에 대한 역사가 있습니다
여고 졸업하고 바로 회사 다니던 초년 시절
핸드백 메는 일 어렵고 부끄러워
흰 가제 손수건에 차비를 싸서 손에 꼭 쥐고 다녔지요
촌 할마시들처럼

열아홉 서울내기 바보, 순진도 순수도 아니야, 바보
디지털 편지 세상에 이물처럼
흰 가제 손수건 어쩌구 문구 넣는 사람도 바보

꿈속에서 아는 사람이 죽는다는 것

그가 죽었다……
작년에도 그가 죽었는데
오늘 아침 또 그가
봄 애 신학기 때도 그가 죽었는데
그는 죽었구나……

아는 사람
전화하려면 못 할 것도 없는 사이
전화 안 하고 지나가도 그만일 사이
우리는 이런 아는 사람 있지, 그러나
죽음도 안부도 언제부턴가 연락지 않는
나는 정말 그를 알까, 그는 또 나를

일어나 종일 꾹 문 입 떼고 싶지 않았다
전화기를 몇 번인가 쥐었지만 그만뒀다
평소의 습관이 마음을 이기게 놔뒀다

우리는, 그와 나는, 각자
어디선가 잘살거나 일찍 죽거나
한때 안 적 있었다는 일은
더 모르는 사람들이 되기 위해 그랬던 일
죽음도 꿈속 누군가의 전언을 통해서나 듣는 것

전화기를 제자리에 밀어놓고

소파 가생이에서 한동안 꼼짝하지 않았다
길이 갈리는, 갈리면, 더이상 길이 없는
길 끊어진 무서움 같은 게 몰려오는데
무서움을 참고 들여다봤을까, 한곳

나 2년 전에 죽은 것을 그는 모르고
이른 아침 나 죽은 꿈을 꾸고 일어나
꾹 문 입 종일 떼고 싶어하지 않는다
벽 너머 응시를 풀고 싶어하지 않는다
무언가 무서운 것을 대하고 있을 듯한 그의 눈
아는 사람의 눈, 살아 있다

또 저녁을 지으며

어머니는 왜 안 오시나
이 다 저녁까지 왜
어둠에 몰리는 햇살을 앞가슴에 끌어안고
조리에 된장을 받쳐 풀며
이 세상에 맏이 된 나, 모든 맏이 된 나는 시름겨워
안 오시나 못 오시나, 숨은 어머니
어머니 대역이 된 누나, 언니가 지어주는 저녁을
묵묵히 고개 떨구고 먹는 이 세상의 동생들
그렇게 혼자 일찍 가시면
어머니야. 된장국을 끓이며 쪼그려 앉은 여중생
소녀 어머니는
알지만 모르고 모르지만 알아
바닥 모를 학수고대 세상의 남은 날들
조리나 된장 항아리, 낡은 모든 부엌살림이 이제는
이 세상에 맏이 된 나, 소녀 어머니가 물려받은
빛 없는 패물
눈부실 일 없는 무거운(그렇지. 가볍지는 않지) 패물
끌고 다닌다. 어머니야. 어머니처럼 숨기 전까지

잘 마른 세수수건 같았던 건포 마사지 같았던

건포 마사지가 피부에 좋다고?
피부에만 좋을까!
썩는 마음의 얼굴에도 트러블 심한 일상의 낯바닥에도
순환은 필요하고 올올한 새잎이 돋아야 한다
반짝하는 두 개 어린애 하얀 앞니처럼
음울한 나날을 치우며 나 신신하게 깨어났으면

연둣빛 새잎들이 한창 번지고 있을 가까운 삼각산을 생각해낸 나
생각해내자마자 정말로 삼각산 밑 화계사를 오르는 나
계곡물 모인 곳의 투명한 물의 낯빛을 투명한 거미줄처럼 감각하는 나
마침 재 올리는 여인들의 흰 상복 입은 행렬을 사진 기행처럼 만나는 나
빨건 고무 양동이를 든 벽안의 서양 행자승 여직 신고 있는 우리나라 털고무신
하늘색 공중전화 부스 속으로 들어가는 그 털고무신을 계속 미소로 쫓는 나

서양 행자승이 열고 나온 식당 문 쪽 나도 마음에 공짜로 점찍자 점심하자
비빔밥과 장국물을 받아 끄트머리쯤의 객으로 고추장을 비비는 나
올라갈 때도 그랬지만 내려올 때도 두 번씩은

화계사 길 가도에 바로 있는 한신대학교 신학전문대학원이 정문에 올린
부처님 오신 날을 축하드립니다 플래카드를 초등학생식 읽기로 읽어봐주는 나
할인 서점이 제 앞에 가판을 벌려놓곤 하도 50프로 50프로 50프로 세일 주문을 외기에
그렇담 주문에 걸려주자 허리 절반 딱 꺾으며
전집을 부순 낱권 판매 어린이 책을 손에 까맣게 먼지 묻히며 고르는 나
위인전 그림 이야기를 2만 원어치 덜렁 사버리는 나
모정은 이런 것이기도 하다고 마침 어린이날도 가까워 오지 않느냐고
내 맘이라고 주문이 가득 든 비닐봉투를 흔들거리며 걷는 나
뜻밖에 톡톡한 비닐봉투의 매끄러운 감촉을 옆 허벅지에 톡톡히 느껴보는 나
버스 종점 버스 청소해 내린 물의 콜타르 바닥에 뜨는 기름 물무늬를
빨랫골 물안개 걷힐 때 피는 방울무지개꽃이라 우기며 관찰해보는 나
집으로 데려다줄 일만 남은 마을버스 정류장에 서서 보도블록을 퉁겨 차며
매연도 봄 햇빛인걸 마시는 나 바르는 나 쬐는 나
아까 벽안의 행자승 고무 양동이 들고 들어간 공중전

화 부스의 하늘색 칠과
지금 하늘의 색이 똑같이 말갛고 밝다는 것을 알아차리는 나
그 허공의 풀밭 반짝하는 토끼 이빨 같은 두 개 어린애 앞니가
내 새 이인 듯 하얗게 솟아나는 것을 드디어 보는 나

봄 햇빛 속 화계사 길 두 시간
하나하나 올이 일어선 잘 마른 세수수건
뽀송뽀송한 그 수건으로 얼굴 비벼대며 구석구석 두 팔 두 다리까지
새 이가 나도록 인내심을 발휘해
좀 길게 끈 건포 마사지

쓸다가 문득 못 쓸다가

사탕 껍질, 과자 봉지, 껌 종이, 크림 묻은 아이스바, 츄이멜 갑. 애새끼들과 그 에미들을 싸잡아 욕하며 껍데기들을 쓸다가, 부삽에 담다가, 문득 고개가 들리고 명치가 찔려. 명치가 따갑게 타들어와.

설총과 원효가 왔다. 가을 산사. 설총은 안에 들지 못한 채 절 마당을 비질한다. 긴 대나무 빗자루로 깨끗이 깨끗이 낙엽을 쓸어 모은다. 나타난 원효, 낙엽을 한 움큼 주워 올린다. 쓸어논 마당에 흩뿌린다. 가을 마당에는 낙엽이 굴러야 하느니라. 일별도 없이 뒤돌아 읊으며 사라진다.

아이들이 산다. 땅바닥을 저희들 세상인 양 발로 구르며 떼 지어 산다. 아이들이 사는 이 땅, 여기 공동주택 마당에는 뜯어진, 찢어진 새콤달콤 껍데기가 굴러야 한다. 레몬이야, 포도야, 딸기야, 색색의 빠닥 종이들이 빠닥거리며 날아야 한다. 날다가 잔디밭 가나 계단 모서리, 보도블록 틈새에 내려앉아 나 살아요, 나 살고 있어요, 바스락거려야 한다. 다람쥐가 두 손으로 애쓰며 도토리를 까먹고 껍데기는 숲 바닥에 굴리듯이. 아이들이 단풍잎 손으로 즐겁고 맛있는 저희들 기호식품을 까먹고 몰라라 땅바닥에 굴려야 한다. 가을 마당에 구르는 당연한 낙엽들. 껍데기를 흩으며, 아이들은 산다.

과자 껍데기를 쓸다가 못 쓸다가, 부삽에 쓸어 담은 사탕 껍질을 다시 쏟아 아까의 자리쯤에 흩뿌려놓다가 도로 줍다가, 아니야. 깊은 산사 가을 낙엽이 아니야. 인연 어려운 공주와 스님, 그 사이에 떨군 한 잎 아들이 아니야. 막을 수 없는 자연, 흐르는 순리가 아니야. 다시 싹싹 빗자루질을 하다가, 그러다가,

기쁜 일

소리치는 빗소리에 잠 깬 일 기쁘구나
외진 데 사는 동생네 허름한 집에서 하룻밤을 자다가
한밤중 빗소리에 잠 깬 일 기쁘구나
무더운 깊은 밤 폭우
무섭도록 폭우 소리 들었던 것이 어느 옛적 일이던가
불과 10년 전의 옛날 옛적
홀로 살던 문간방의 한지 문 밖 한밤 내 머리맡을 때리던 장대비
한지 문을 축축이 적시고
문틀을 불게 해 여닫지도 못했던
한지 아래께로는 곰팡이꽃이 파르르르 피어 번지던
찬바람이 불고서야 곰팡이꽃들은 죽어
썩어 검은 자국을 낡은 바늘땀처럼 흩트려놓았지
그 옛적 빗소리의 밤이 기억난 일이 별처럼 기쁘구나
초고층 아파트 공중에 매달린 지금의 내 집에서라면
도저히 만날 길 없었을 별 같은 얘기
소리가 죽은 집, 죽지는 않았더라도
이상하게 참는 신음이며
소음, 잡음, 밀폐음의 디딜 곳 없는 허공중에서라면
빗소리의 고함은 두근거리는 생시가 되지 못하고
흐리멍텅 잠꼬대로 바뀌었을 것이다
여기 현관 밖 흙마당과 머리 누인 방바닥이 한 바닥이 되었기에
소리를 만난 거다. 만나고 만 거다. 빗소리

소리의 소리다운 춤, 소리의 소리다운 목청
소리의 질주, 소리의 불, 소리의 폭류
소리의 최후통첩 같은 모든 것을
먼동이 오려는가본데 옛 장대 얼굴 전혀 돌리지 않는
소리의 생생 독락, 그 고고를 쳐다보며 눈물 고이는 일
기쁘구나

나뭇잎 골짜기에 서서

무슨 맘에
올겨울 들어 제일 추운 날이라는 오늘
산에 올라 나뭇잎을 보고 있다
물 마른 골짜기
산지사방 달려 나부끼던 것들 떨어져
깊게 영면해 있다
모두 거름빛으로
오직 거름빛으로
골짜기는 지금 긴 묘실이다
한없이 비스듬히 흘러내린 묘실
비스듬히 나도 옆에 서서
층층 더미로 쌓인 거름빛 잠을 훔친다
무슨 쓰라림을 간직한 채
친근하고 윤택하기조차 한 느낌
먹을거리의 맘에 맞는 냄새
아무것도 안심할 것 없는 세상에서
초록과 단풍을 지나왔다는 것이
묘실에 든 저 주인공들의 추억거리는 아닐 것이다
새를 날리고 벌레를 키웠다는 것이
역시 화젯거리가 아니듯
바람에 춤췄거나 햇빛에 연애 걸었거나
물들었던 기억은 떨어지고 눕고
아무것도 미더울 것 없는 세상에서
나뭇잎이었다가 나뭇잎으로

나뭇잎이어서 나뭇잎으로

비디오 영화에서 봤던가
고심 끝에 한 의상디자이너가
회심의 나뭇잎 도안을 몇 장이고 그려내며
나뭇잎을 싫어하는 사람은 없다 깨친 듯 말하는 장면
그 장면 속 말을 여기 골짜기에 놔두고 싶다

기찻길 옆 사금 노래

학원 하나를 등록해서 나가는데
그 학원 있는 곳이 기찻길 옆입니다
복도를 사이에 두고 두 줄 강의실이 있는데
나의 강의실은 기찻길 펼쳐진 쪽입니다
서편인데 넓게 트였고
구조물 하나 없이 비었습니다
버스 타고 지하철 타고 달려와 도착한 곳
기찻길 옆 그래요 기찻길 옆입니다
누워 있는 철로와 기름때 침목들의 세상입니다
화물차가 이따금 끼어 정차해 있기도 하지만
똑같은 모양과 똑같은 색으로 가득 이루어진
철물의 정적과 침목의 침묵
그 거무스름한 끝없는 집체의 아름다움
녹슨 부융한 정적 속에서
노랫소리가 새어 나옵니다
노랫소리가 점점 커집니다
기찻길 옆 오막살이 아기 아기 잘도 잔다
누워 잠자듯 있었음에 틀림없을 철로와 침목이
언제나 그리 환하게 피지는 않았던 서편 하늘이
뜻밖의 노랫소리에 챙강거리는 것만 같습니다
어린아이들 소리입니다
합창이기도 했다가 독창이 나오다가
둘인가 셋인가의 소리이다가 끊기질 않습니다
그 옛적 기찻길 옆 오막살이에

잘도 자는 아기는 살고 있었습니다
여직 단침 흘리며 동요 부르며
어저께도 그저께도 그끄저께도
기차는 남처럼 남처럼 갔습니다
오는 것보다 갔지만 적(笛) 소리도 없이
청춘의 한 시절 님은 날 두고 기어이 가버렸지만
인고의 어머니마저
깜깜한 밤중을 못 참고 한 줌 재로 가버렸지만
이후 학수고대의 기차는 언제나 텅 비었습니다
먼 데만 가는 기차
가까웁게는 안 가고
먼 데여야만 가는 기차
그래서였을까 기차는 다시 오는 것이 힘들었습니다
가고 오지 않는 것들이 메워 채운 하늘이
석탄재 가루의 갈 곳 없는 벌판이 흔들거렸습니다
깁거나 때우거나
한기에 얼던 가난과 고적이 언제까지나 맴돌았습니다
옛적 나의 오막살이 그 하늘 위 빨간 고추잠자리
늦여름 마르기 시작하는 풀더미 속에서
마지막 풀잎 끝을 놀리는 방아깨비들
기찻길 이니 기찻길 옆은
그때의 마른풀 냄새를 코끝에 흠뻑흠뻑 대줍니다
쓰라렸던 아름다움을 바짝 불러와줍니다
몇 개월째 이렇게 기찻길 옆과

가슴속 멀리 가라앉았던 사금 같은 걸 부풀리면서
애틋한 사이가 되었습니다
채바구니로 그것들을 해찰하듯 거둬올리면서도
왠지 이상하게 공부는 잘되었습니다
기찻길 옆 잘도 자는 아기처럼
기찻길 옆에서 오히려 공부 잘했습니다
그러던 중 그만 강의실이 바뀌고 말았습니다
기찻길 옆이라 시끄럽다는 게 이유였습니다
시끄럽다니요 뭐가요 하나도 시끄럽지 않았어요
철로와 침목들의 정적이 무슨 방해를 했단 말인가요
시각표대로 기차들의 출발과 종착 그림자 같은 왕래는
더없이 선연한 배경만 같았는걸요
옮긴 강의실은 뭐가 긁어대듯 내내 시끄럽습니다
그 시끄러움에 눈물이 나오려고 합니다
대로 쪽 창문을 암만 판때기로 막았대도
고요의 애틋함은 이제 오지 않고
판때기 댄 허연 벽이 옛적 노랫소리를 알기나 할까
도대체 알기나 할까요
급기야 눈물이 나오고 맙니다
노랫소리가 먼저 낭랑히 울리지 않고서는
서편 하늘의 길이 비지 않고서는
아무것도 못 옵니다 올 수 없습니다
철로와 침목이 영원히 그래요 영원히 누운
기찻길 옆이 아니고서는

쓰라리면서도 달았던 고적함 오지 않습니다
환경이 나빠졌습니다
공부가 불안해졌습니다
마음의 명랑함이 꺾였습니다
어떡해야 되나 몸은 그냥 여기 놔두고
마음 혼자라도 기찻길 옆 강의실로 가야겠습니다
절로 공부 잘되던 그 자리에 다시 앉아
철물들의 거무스름한 정적을 받아먹으면
하나씩 하나씩 나비가 오고
그러면 기찻길 옆 사랑스러운 내 오막살이가
제 작은 문을 접었다 폈다
가라앉았던 사금 노래를 시작합니다
탄일종을 칩니다

백양사역

백양사역은 새마을호는 안 간다
백양사역은 새마을호는 안 온다
빠르고 비싼 것은 백양사역 안 밟는다

백양사역은 내리는 사람 나를 포함해 둘, 셋
백양사역은 타는 사람 나를 포함해 둘, 셋

그러던 몇 번째
초봄 찬 눈발 옅게 흩는 날
잔광도 구름이 다 감은 늦은 오후
백양사역은 상행 홈에
오직 나 혼자를 손님으로 세웠다

그때 나는
열차가 들어오려는 2, 3분의 짧은 사이를 기다린 것이었겠지만
더 기다리고 싶었던 것은 더 귀기울이고 싶었던 것은
넓고 조용한 백양사역의 모든 숨
사람의 그림자를 지운 특히 본래의 숨

장성 쪽 커단 산봉우리 멀고
서울도 멀고
장성호 돌아돌아 다녀온 백양사도 멀고

간섭은 없다
백양사역이 나를 풀고 나는 실을 놓고
다만 조용하고 넓은 채, 무슨 놀라는 일도 다 그친 채

나는 서서 밟는다 짧은 2, 3분 사이
느리고 헐한 교(橋)
길에서 벗어난 길의 사이 백양사역을

청련, 청년, 백련

청련(靑蓮)이 있대요
파랗게 핀대요
파아란 연기같이 오른대요

아름다운 청련
희귀한 핏줄
불러줘 데려다줘
내 청년(靑年)으로 삼고 말 거야

아름다운 내 청년
어디에 사나요
연(蓮) 도래지 남쪽 바다 휘허한 옛 갑국(甲國)
그림자 없는 무영지 그런 나라에

먼 청년
내 청련

떠도는 소문 깊이
저세상으로 깊이
백련이 피면
그 이름을 따로 불렀습니다
부를 수 없는 이름으로 불렀습니다
청련

희고지고희고지고희고지어서
흰빛의 목숨이 그만 끊기는 거기

파아란
내 청년은 깃들어

안개

안개, 너를 농담이라고 하면 안 되나. 오늘의 너는 심한 농담만 같구나. 천재지변 무서운 줄은 알지만, 너의 오늘 짙디짙은 농담, 정말 무서운 천재지변이구나.

왜 모두 가뒀니
왜 모두 숨겼니
꽁꽁 어디다 다 묶어뒀니
자유롭게 풀어놓지 않고
왜 막았니 덮어버렸니

허우적허우적
시계(視界)는 계속 앞으로나란히 두 팔 뻗은 간격 그만치로만
선뜩하게, 으슬으슬하게, 파고드는 바람까지
안개, 오늘 너의 힘은 도대체 무슨 농담일까
어찌 시작된 농담일까

진달래 환상
진달래 미련
내 인생의 남은 환상
내 인생의 남은 미련

고려산 꼭대기를 이른 아침부터 달려왔다.
진달래꽃 축제. 진달래꽃 축제. 진달래꽃 축제

환상적인 너무나 환상적인이라는
그 환상을 나도 처음 어떻게 좀 잡아보려고

후후, 후.

안개, 나도 농담 한번 할까. 농담은 너처럼 심각하게 하는 게 아니야. 가볍고 재미있게. 살짝이면서도 꽉 쥐어주는 얘기. 보여주는 것이 있어야지. 안개, 너 오늘 너무 심했다. 나 정말은 진달래꽃 안 봐도 그만이거든. 축제에 훌라춤 안 춰도 그만이거든. 환상도 미련도 사실은 없거든. 너무 용쓰지 마라.

후후, 후.

안개, 너는 얼마 안 있다 소문도 못 뿌리고 날려가고 말 거다. 모든 너무했던 농담이, 천재지변이 나중엔 다 잊혀지고 말아. 안개, 너도 지금 잊혀지는 중이야. 덧없이 지나가는 중이지. 아, 덧없는 것아. 그럼, 너 이따 잘 가라. 나 그만 진짜 가볍게 농담처럼 스을 내려가려네.

중년

이제 중년이 됐응깨……
뭣 년이요?

앞전에도 중년 하나이 왔다 갔능디……
뭣 년이요?

워메 저기 중년 하나이 또 오는 것이구만이랑!
오오메 중년이 뭐시 우쨌간대 자꾸 중년 중년 해쌌능 꼬? 중 옷 입어야지만 중년잉꼬? 머리 빡빡 미라뿌라야만 중년잉꼬? 유발에 지져붙이고 색의에 고깃지름 내도 구수허게 먹인 이 몸도 시방 중년이당깨!

문학동네포에지 075
단 한 사람

초판 인쇄 2023년 8월 8일
초판 발행 2023년 8월 18일

지은이 — 이진명
책임편집 — 김민정
편집 — 유성원 김동휘 권현승 유정서
표지 디자인 — 이기준 강혜림
본문 디자인 — 최미영
마케팅 — 정민호 박치우 한민아 이민경 박진희 정경주 정유선 김수인
브랜딩 — 함유지 함근아 박민재 김희숙 고보미 정승민 배진성
제작 — 강신은 김동욱 이순호
제작처 — 영신사

펴낸곳 — (주)문학동네
펴낸이 — 김소영
출판등록 — 1993년 10월 22일 제2003-000045호
주소 — 10881 경기도 파주시 회동길 210
전자우편 — editor@munhak.com
대표전화 — 031-955-8888 / 팩스 — 031-955-8855
문의전화 — 031-955-2689(마케팅), 031-955-8865(편집)
문학동네카페 — http://cafe.naver.com/mhdn
인스타그램 — @munhakdongne / 트위터 — @munhakdongne
북클럽문학동네 — http://bookclubmunhak.com

ISBN 978-89-546-9375-2 03810

— 잘못된 책은 구입하신 서점에서 교환해드립니다.
기타 교환 문의 : 031-955-2661, 3580

www.munhak.com

문학동네